너무 아팠지만
너무 아름다웠다

너무 아팠지만 너무 아름다웠다

발행일   2025년 3월 11일

지은이   김환구
펴낸이   손형국
펴낸곳   (주)북랩
편집인   선일영   편집   김현아, 배진용, 김다빈, 김부경
디자인   이현수, 김민하, 임진형, 안유경, 한수희   제작   박기성, 구성우, 이창영, 배상진
마케팅   김회란, 박진관
출판등록   2004. 12. 1(제2012-000051호)
주소   서울특별시 금천구 가산디지털 1로 168, 우림라이온스밸리 B동 B111호, B113~115호
홈페이지   www.book.co.kr
전화번호   (02)2026-5777   팩스   (02)3159-9637

ISBN   979-11-7224-531-3 03810 (종이책)   979-11-7224-532-0 05810 (전자책)

(주)북랩 성공출판의 파트너
북랩 홈페이지와 패밀리 사이트에서 다양한 출판 솔루션을 만나 보세요!
홈페이지 book.co.kr   •   **블로그** blog.naver.com/essaybook   •   **출판문의** text@book.co.kr

작가 연락처 문의 ▸ ask.book.co.kr
작가 연락처는 개인정보이므로 북랩에서 알려드릴 수 없습니다.

너무 아팠지만
너무 아름다웠다

김환구 시집

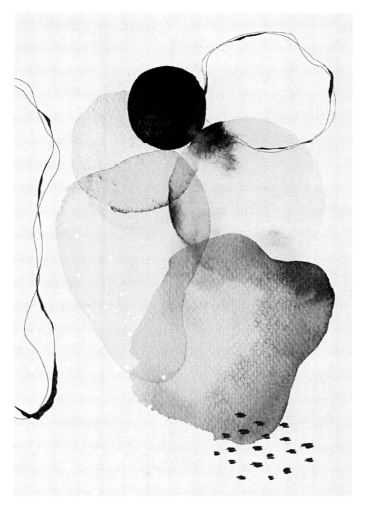

북랩

봄이라는 시어의 화두에

염원을 담아

이 시집을

여러분께 바칩니다.

목차

바다에 남긴 한 줄의 추억

바람에 너를 찾아 떠나는 한 줄의 여행에 잉크에 젖은 풀
잎을 본다
초록이 푸름이 되어 빗물을 흘린다, 너였는지도 모른다

항상 그 자리에 있었지
하얀 바다 갈매기가 거꾸로 날아가는 곳에 홀로 부어 매
인 바다를 보았다
윈 바람에 머리카락 쓸려진 그곳에서였다

한두 자욱 걸었더니 길섶에 노랑꽃이 돋아나 있었고
소금밭에 낮게 엎드려 새하얀 꽃을 고랑처럼 이고 있었다
생명의 존엄함에 밀물처럼 썰물처럼 갯벌을 고여 놓고 경
배를 한다
마지막 잿빛으로도 풍요로움을 선물하는 어머니의 가슴
속처럼

뱃미를 꼬리 잡아 따라오는 너를 보았다
달릴 때마다 머리를 가래 탄 것처럼 하얗게 부서지는 노
을을 안고 있었지

빨주노초파남보 일곱 가지 색깔로도 표현하기 힘든 무지
개다리를 넘어
너를 향해 달려가서는 똑, 똑
창이 바다로 간다
바다가 창이 된다

사랑하여도 마음의 앨범 속에 꼬오옥 간직하고는 두고두
고 꺼내 든다
풀섶에 기댄 바람처럼 창문에서, 바다에서 너를 본다

그때 그곳에서

꼬마야 꼬마야 뭐 하니
요술공주 마법 피리 불며
뚤렐라 뚤렐라 뚤렐라

너에겐 꿈이 있니
밥도 줄게 잠자리도 줄게
꼬마야 꼬마야 오늘 밤은 무슨 꿈을 꿀 거니

지금이라도 달려가고 싶은데
아직 나는 너희들을 그다지 좋아하지 않아
썩 괜찮은 너희들인 것 같은데도
요리조리 피하고 샛구멍으로라도 빠져나오고 싶었거든

살아가면서 우리는 서로를 얼마나 채워 가며 살 수 있을까
이런 물음에는 이렇게 답할 거야
제발 살려 주십시오 다시는 안 그러겠습니다
어쩜 페이지 속에 네잎클로버나 곱게 물든 단풍잎처럼 다
가올까

지금은 잠들 시간인데
내일 아침 식사 시간이 기다려져
깍두기를 곁들인 소소한 식사 시간이 즐거웠거든
조금만 덜 짓무르다면 더욱 좋았겠지만

별 반 사랑 반
잘 자
미안

꼬마야 꼬마야 뭐 하니

기차

우리는 눈물을 거슬러
강물 위에 햇살이 된다

뜨겁도록 달구어도
군소리 잔소리 없이 흘러간다

뭍으로 바다로
흘러도
갈 수 없던 오늘이
척컥 척컥
내일로 뿜는다

뿡뿡 출발합니데이

롱런(long run)

멈춰도 도드라니
아껴도 해설프게

길로 가는 마차에
몸을 맡긴 채

유랑유민

마스다 마스다
여보로다 늦었도다

잔길에 조마조마
밝혀진
내일의 영상

걷는 것이
펭귄마냥 영구마냥
너를 웃기고
나도 웃는

갑사로 가는 길

갑사로 가는 길
고주망태 다 되어
흐린 빛 눈빛
첨울한 일상이 햇살이 되어 내린다

꼬꼬댁 꼬꼬댁
닭 울던 아침의 영혼이
낙엽처럼 쓸어져 내리는데

설마하니
초록아
간만이다
노을아

굽이굽이 돌아
자갈밭 삐걱이며
이리 절뚝 저리 기뚱

공양미 삼백석
심봉사 눈 뜨던 날
기둥뿌리 다 뽑힌 석양아
너 나

노인과 바다

혼자라는 것이
이렇게도

바다만 바라봐도
물고기는 없어도

오겠지 오겠지
망설임도 기다림도
다 놓고

잠이 든 아가마냥
모래마냥
사르륵 잠들어도

옳구나
바람결에
빗방울에

주섬주섬 챙기어도

뭐랄 사람

나무랄 사람

촉촉이

왔던 길

되돌아가는

낙숫돌

그런한

지구

형상이 걷고
거짓이 걷고
껍데기가 있는

풀

광활한 옥토를 메우고 또 메우고
가득한 풀들이
창공을 가른다

창공에서 풀이 눕고
대지에서 풀이 눕고
섬마을에서 풀이 눕고

온 세상 풀, 풀뿐이다

사랑이 눕고
사람이 눕고
서랍 속에 이야기가 눕고
어루만져진 어제의 아픔이
모두 눕는다

그러려니
그러하려니
못생긴 풀도
잘생긴 풀도
땅 위에 보잘것없음을

나무가 쓰러지고
나무가 눕고
풀도 아닌
나무도 아닌

내일의 연주곡

이쯤 하면 되겠지
살아가도 되겠지

풀이 운다

낭만이 젖고
햇살이 그 위에 내려앉아
처참했도다

이별만큼 아플까
이별만큼 두려울까

별것도 아닌
저것들이
이것들이

아침을 먹는다

몇 숟가락 들다 만
오늘

내일을 기다리는 기다림

너무 늙었도다
너무 오래 살았도다
이제는 다 알았는데

너도 나도
다 다른 삶 속에
시기 어린 눈빛과
시샘 아닌 너울이
풀과 나무 사이를
오간다

요로콤 좋은 세상이
조로콤 드러운 세상이
동석

함께 드러누워 앉아
그랬구나
저랬구나

검은 눈동자에 돋보기 들여다보며
나누는 이 삶

다시 태어난다면
또 태어난다면
지금과 같이 살리라
또 다른 삶을 살리라

돌아누운 빗살에 조끔히
나, 풀야 풀
말해도 자는 둥
마는 둥
말른한 숨소리뿐

풀 속에 풀이 눕고
나무 업은 풀이 있고
풀이 나무를 업은
업둥이 나무래도

가세 가세
꽃구경

가는 길에 길에
맥주 거품
소주 거품
되었어도
아침 이슬 내려앉은 것마냥
아무렇지도
그렇지도
말 않는 너

내가 풀이런가
네가 풀이런가
웃기는 소리에

네가 사람이도다
내가 사람이도다
기가 차는 소리에
벌떡 깨어 본 세상

햇살이 줄기를 타고
햇살이 등줄을 타고
주르르르

풀이 땀을 흘리고
남루한 낯빛에
면면한 너와 나의 만남

하려니 하려니 사랑하려니

아무 말도
더럽다는
깨끗다는
그저 풀 같은
사람 같은
뭐려지

애민

이것이 너와 나의 만남이렷다
너도 벗어나지 못하는
나도 벗어나지 못하는

풀이 풀로 남는
거만했던 나를
소곤하게 만드는

지난겨울을 본다

몹시 추웠던

지난가을을 본다

아무것도 몰랐던

지난여름을 본다

싱그러운 것이 다인 줄 알았던

봄맞이

* 제목 「풀」은 김수영 시인님의 「풀」이라는 제목에서 인용

가을 우체국 앞에서

꽃으로 태어나
꺾이면 꺾이게 될 것을

한 잎 한 잎
떨어져도
아프지 않을 것을

꽃술 되어 팔랑팔랑
날리어도
부르지 않으리

화원에 우두커니
동산에 나즈막히
첩첩히 흩

풀잎처럼 어울릴 것을
한들거릴 것을

책갈피 속에 네잎클로버

깡마른 우체통

꿔이꿔이 바람결에

머리카락 결에

* 가수 윤도현 님의 〈가을 우체국 앞에서〉라는 노래 제목 인용

레인보우 브릿지

가슴에 담아 두고
마음에 아려 와도
눈물만이 그곳으로 달려가네

사랑하고 싶어도
경계를 흘러가는 현해탄

물개라면
참치라면
거친 물살을 헤치며
다다를 수도
갈 것도
같은데

오늘쯤
햇살이 내리쬐겠지
못 다한 사랑과 연민의 오작교

오늘쯤

빗방울 촉촉하겠지

이별로 사랑을 이야기하는

사랑한다 해 놓곤

주렁주렁한 감꽃에
흰빛

사랑한다 해 놓곤
비바람에
땅바닥에
지고
영글어 야물어 가는

푸르딩딩 바람에 익어 가는
속살이 뽐을 내는

그날따라
그날엔
사람이 지나가도
사람이 지나가곤

헤멀건 눈빛에
보스라니 다가감도

멀슥해선 잎 속에
열매 되어

여름에
여루메

고루라니 익어 가는

사랑한다 그렇다
이야기해도

행인처럼 햇놈처럼
찡끗

자화상

겉으로 눈물이 흐르고
속으로 말라 가는
거울이 있소이다

거울의 낯빛은
반은 사람이고
반은 숨어 있는

거울과 나 사이가 있소이다

메마른 땡볕에 으쓱한
내일을 꿈꾸는
거울 속에
내 속에
그와 그가 있소이다

소주를 먹고
이딴 술이 어디 있냐고
투덜대는 내가 있소이다

그곳에 비추이는
나는
밤과 낮이 다르고

볼일 보다 만 그곳에서만
늘 변함이 없는

나는 똥이로소이다
꿈속에 똥 꿈

얼굴에 픽 튀긴
한 방울
에이구 더러워 말려도
달라붙는

내 마음이
그 자리에
그곳에
서 비추이는
거울

내가 너이고
네가 나인
거울

좌우가 바뀌어도
웃으면 웃는
거울

거울인가
나인가
나인가
거울인가

투명인지
색채인지
깨뜨리면 쨍그랑
부서지고 마는
거울

추워
추웠소
추었소
혼자만 가만한
누군가 계속 바뀌고
다가오는

은과 명 사이의
어수룩함

그대

거울 속에 그대로

바뀌어도
그대로

빙긋이
햇살이 된다면
너처럼 된다면
거울이련다
너울이련다
나도 아닌
오싹함

거울아 거울아
어느 곳이 참이냐
어느 곳이 거짓이냐

거울아 거울아 말 좀 해 주렴
거울아 거울아
강물 같은 거울아
춤 같지 않은 멈춤이 머문
너의 그곳에

너빛
쪽빛
낮과 밤 사이를 가르는
너의 지난함
나의 온건함

폿이로다
랄쎄 랄쎄 폿이로다

거울과 거울이 만난
평행

너도 너대로
나는 나대로
너와 나

넘길수록 무뎌지는
몸의 바둥함

실물인가
허상인가
되뇌어도
별말 없는

아침이 머문 자리에
밤이 머물 때

별것도 아니었구나
삶이었구나
오래 지난 옛이야기처럼

덤덤한
너 나

계속 말하고 싶어도
참는
너 나

그대에게

사랑해야 한다면 내 몸은 자꾸 음지로 가야 한다
사랑해야 할 사람들이 그 속에 있기 때문이다
자꾸만 사랑해야 할 사람들의 얼굴을 닮아 간다
몸이 편하고 싶은데 마음이 자꾸만 그곳을 그리워한다
그대는 나를 알으지 못해도
별것 아닌 그대들이 숨 쉬고
홀로 지피다 피우다
오늘 밤 꿈속의 별…

잠이 온다
쉬고 싶다

내일 밤 나는 오늘 다 이루지 못한
까만 바다에서 까만 별을 바라보고 있을 것이다
바람에 후,
시 한 줄 가을로 가는 편에 띄울 것이다

뷰티풀 라이프

사랑처럼 다가오곤 해도
나는

사랑이었다고도
아니었다고도

나를 양보하고
내일은 너일까
조금은 조바심을 내기도

어떤 말도 하지 마
내 마음속의 말을 들어 봐

네가 생각하는 사랑이란 없을 수도 있단 말야
이 바보야

꺼지란 말도
있으란 말도
네게는 치사가 되어 버린

여보였어
나였어
신이 알아주시는
마음만 간직할 뿐

너와 난 이미 시작도 없이
끝났어 알아?

사랑이란
이별이란
잠시 머문 자릴 수 있다는 것

너와 나의 한
계

경계

골라리 골라리
알아듣지 못할 말만

시인

거름뱅이요
별것도 없는

속살만 번드레해 가지곤
아무것도 없는
동족이요

사랑을 품속에 뼛속에
품고 사는
개와 같은

시라는 것
별것 없소이다
ㄱ과 ㄴ 사이의
엇맞춤일 수 있다는 것

내가 당신에게로
다가가고픈
오늘의 내일이올시다

시

살며 사랑하며

사랑한다는 것이 그만

어른이 된다는 것도
나이를 먹는다는 것도
모두가 무색하여지고

욕심만 그윽해지더구려
얼마쯤 가면 멈춰지려나
페달은 발바닥에서 전혀 떨어질 생각은 하지 않고

자꾸만 밟으라는
자꾸만 밟아야 된다는
충돌해야 된다는

네가 살든 내가 살든
누군가 한 명만 살아야 된다는

길을 가다 가만한 풀을 보았소
길을 가다 가만한 꽃을 보았소
길을 가다 나무를 보았고 나무에 있는 꽃을 보았소
꽃잎이 없는 꽃을 보았고
꽃이 없는 잎만 있는 나무를 보았죠

왜 그렇게 사냐고
그렇게 사는 것이 좋냐고
승자의 축배가 너를 흐려 온 것은 아니냐고

가만히 있어도
이상한 것 같고
움직이려 해도
이상한 것 같고

가다가 쉬다가
사람인 것을
어찌하리
어찌하리

네가 있었구나
꿈이 있었구나
네가 있었구나
희망이 있었구나
네가 있었구나
사랑이 있었구나

오메, 어쩐다냐
내는 어디 있다냐

망중한

보이는 것도
보일 것도
듣다가
말하다가
고것인가
요것인가

그렇게 사는 것인가

길을 가다
재킷을 파팍 쳐내고
날개를 펴는 거야
두 발을 있는 힘껏 구르는 거야

심장이 터질 만큼
부풀리고 부풀리는 거야
부레가 물 위를 띄우듯
새 가슴이 되는 거야
비행선이 되는 거야

창공인지 날으는 새인지 분간이 안 되는
호젓하면
나무 그늘에 앉아
조롱조롱 노래도 불러보고
까악까악 설날처럼
오늘처럼
풍경소리 마음에 그윽 안고

미리 가족은 예비 되었다

미리 가족은 예비 되었다

너와 내가 가족이다
누구는 쉽게 기대고
누구는 힘들어도 떠받히고
누구는 슬몃 외면하곤 지긋하다

가족인데 누구와는 말 나누기 버겁고
누구와는 가족이 아닌 줄 알고 살기도 하며
누구와는 피를 이어 시간의 경과를 두고 관계를 기억하며
먼발치에서 오지 못하고 가지 못하고 서성이기도 한다

못난 공작새 깃털을 드리우고
가닥가닥 가족을 세어 나간다
한 놈 두시기 석삼 너구리 오징어 육박자 칠득이 팔득이
구두발짝
땡그랑
우리는 이렇게 사랑하며
가족의 수가 늘어 간다

황톳빛 누런색을 덧칠하며
너와 나의 얼굴을 그려 나간다
못 그린 것 같은 그림도 잘 그려진 것 같은 그림도
우리가 그린 가족의 얼굴이다

오늘은 꼬맹이가 그린 그림을 보았다
내가 보기엔 아무리 보아도 멍청한 그림인데
어른들은 잘 그렸다고들 칭찬을 한다
앞으로도 더욱 분발하라고 한다
그럴 수도 있나 몇 번을 다시 봐도

그래도 니와 내는 가족이다
내일 또 누군가를 만나도
우리는 가족이다
어색한 몇 마디쯤으로 보일지라도
오랜 속담의 이야기처럼
마음이 담긴 만남으로도 인생을 이야기할 수 있다는

후~

얼음 인형

차갑도록 아스라한
머리끝에서 발치까지
손과 발이 꽁꽁
햇빛에 그을리면
주룩주루루룩
내가 녹고
네가 내게로 오는 어느 화창한 가을
길섶에 코스모스를 나는 기억하는지
살랑살랑 찬 바람의 기억을 더듬는다
밀양 어느 얼음골의 오싹한 여름을
알곡이 익어 가듯
너에게 나를 보란 듯 입맞춤한다
동굴 속에 점점이 너란 얼음 인형
또 너란 얼음 인형
잠잠히 시원함에 야단법석이었지
지금
쯤
훤칠히 해맑던 그 웃음소리가
겨울로 달려간다

더욱 견고한 인형이 되어 간다
네가 봄에
네가 여름에
네가 가을에 머물러 있어도
서로를 기억하는
서로에게 실크로운 겨울에
하얀 눈동자 세상을 보는

소나무에게

비 갠 후,

비에 젖은 옷을 입고도
어쩜 그렇게 태연하니

잔잎을 한 잎 한 잎 떨구어
가는 길 폭신히 해 주는 너에게
고맙다는 말도 못 하고
슬며시 너에게 손을 가져다 대며
안녕?
건넨다

내가 걷는 길이 시끄러운 음악으로
다가간다면
난 담부터 다시 네 곁에 다가가기 힘들지도 몰라

잠깐 나에게 할 일이 생겼어
미안
난 늘 이런 식야

가을로 가는 동안
너는 나의 동무야
나도 너의 동무가 될 수 있을까

인천국제공항

우주 비행선 타고 쏭쏭
이 별로 저 별로 갈 거야

비행기 타고
이 나라 저 나라로 날아갈 거야

호미 잡고
가로수 헤집으면
묻어 놓은 보물 나올까
누구도 보이지 않는 한밤중에

언젠가 누군가
그 보물을 찾을 날이 있겠지
그 사람도 우주 비행선을 타고 쏭쏭
돌아오는 발걸음도 쏭쏭

너에게

저만치에 있는 달을 따다 너의 머리맡에
달님의 위트 섞인 이야기를 너에게 들려줄 수 있을까
동동 발을 구르며

꿈속에 보았던 자주 듣던 이야기 속에는
너는 행복하다고
어떤 이야기도 하지 않아도 된다고
가만히 와락 안아만, 안겨만 달라고

눈물이 싹을 틔우고
침침한 눈빛이 들녘의 너에게로 향하고
눈망울이 초록이 된다

오곡백과 무르익듯
너도 햇살을 머금고
노랗게 노랗게 노란 가을이 오겠지

자그만 노래라도 너의 귓전에 들려줄 수 있는 내일에는
단풍잎도 소박한 미소를 띄울 거야
아직은 설익었다며

쉬엄쉬엄 가야겠어
두런두런 가야겠어
하지만 그것도 서투르지,
옛소 여기있소이다라며 툭 던지지도 못하고

오늘 아침따라
보리망개 떡이 생각난다

어쩌련?

쪼그리고 앉아 소일거리라도
말라 가는 입에 풀칠이라도
시장 좌편의 한편에서 쪼그리고 앉아

잘 계시지예
건강하시지예

붉게 물들여진 석양이 촘촘하니 우리를 수 놓는다
모야모야 그것도 갈팡진

너에게

8월의 크리스마스 1

가을로 가는 길목에서
사람을 사랑하지 않는 방법을 터득한다

크리스마스에 구름과 바람과 해와 달과
함께 하고 눈을 사랑하지 않는 내공을 터득한다

산길을 산책하다
조그만 바위와 엉덩바위와 나무뿌리에 걸터앉아
이 생에 왔음을 탓해 보기도

간 사람들의 영혼이 그 길을 재촉한다

가을이로소이다
빨간 가을에
네가 물들고
내가 물들여진

그와 이 사이에서 오리무중

일기를 또박또박 채워 나가며

결로

* 참고: 영화 〈8월의 크리스마스〉의 제목 인용

첨참첨3

풍경 속에 풍경이 겹쳐진
풍금 소리가 알록달록 그려진
어머니의 어제와 오늘

긴 밤을 새워 가며 노심초사
가깝고도 거리가 먼

아바이 순대 한 접시 들고
요것요것으로 만든 것인데 드실 수는 있을는지
푸른 건초더미 너머로 보이는 화사한 대양은 보이시는지
어느 날은 구름으로 가려져
어느 날은 저 멀리까지도 달려가는 대관령

시 속에
풍경 속에 드리워진

달타냥도 아마 그곳은 못 가 봤을 거야
흠 첫
째째한 몽룡 도련님도 마찬가지일 거야

행진

시를 쓸 수 있는 겨울이 올까
모든 아픔들이 저만치로 물러서는 겨울이 올까

8월의 크리스마스 2

이리 온나
자신감 없는
눈빛이 여려진
내게로 온나
하루를 남겨 둔 8월의 메리 크리스마스를
내게도 좀 도
됐다고 그래도
내일은 8월의 크리스마스야
우리가 살아 있는 동안 불변의 법칙이 될지도 모를

똑똑

막걸리 댓 통 비우고 나면
세상 모르고 대자로 뻗어서 세상 모르고
드르렁 드르렁 쿨쿨거릴지도 모르지

쉬쉬한 어둠을 틈타 까만 군복을 입고 선
특공대가 되어 내가 다다른 곳은
밤빛에 섬뜩하게 젖은 빨간 우체통

너에게 편지를 붙이러 알통 구보 하듯 달려왔지
근데 허망하군
편지를 우체통 입구에 넣는데
자그만 소리가 정적을 깰 뿐

다시 뛰어가야겠어
잠은 집에 들어가서 자야 하니 말야
이 밤은 누구에게도 들키지 않으니 천만다행이야
핫둘 핫둘 핫둘 핫둘
사나이로 태어나서 할 일도 많다만…
눈이 내리기 전에 도착하여야 하는데
눈이 오면 나는 발각될 것이 뻔하기 때문이지

바람이 분다
청룡한 별빛에 묻히어 눈이 내린다
천천히 너에게 걷던 그 길 위에
유리창 너머 네가 있던 그 자리에
오색의 솜사탕처럼 눈이 내린다

이름하여 나라는 인간

또 다른 별에서 너를 그리워해 이 별로 왔다
두리번두리번 돌아봐도 돌아봐도
이 별에 홀로 앉아 너 아닌 또 누군가를 그리워해도
점으로 남는다

미세한 아려 옴이 낮을 틈타
가슴팍에 스며들어도
마음만이 깃발을 펄럭인다

선과 선이 만나 음률을 이루고
작은 건반 위에서 자유를 향한 설렘을 노래한다
지독한 이곳에서의 탈출
나에겐 이성도 존재하지 않지
그곳으로 가고 싶을 뿐
나도 모르게 몸이 기울어지고 있을 뿐

할 수 있는 것이 많지 않아

할 줄 아는 것이 많지 않아

저 별에서 이 별로 오는 동안

감각으로 익힌 너의 향기를 기억할 뿐

가만히 들어 볼래

나의 별에는 너의 고향에 있는 것들과

유난히도 머릿결을 휘날리는 바람과 모래가 많았단다

그래서 항상 걷는 길에서는 어떤 상처의 흔적도 생기질

않았지

모래가 되고 싶냐고

응, 그래 너의 발을 쉬게 해 줄 수 있는 모래가 될 수 있

다면야

바람이 되고 싶냐고

지친 너의 영혼에 상쾌함을 더해 주고 싶어

너무 많은 시간이 흘러 그때의 하루하루를 되살려야 하

는데

그래 그래

너의 주문대로 그냥 웃을 수 있는 모습만이라도 유지할 수 있다면

너도 웃을지도 모르지

내가 이래, 이랬다 저랬다 늘 곡선을 그릴 뿐이지

믿음이란 것이 깨진 뒤란의 항아리마냥 빗물이 주룩주룩 내려도

씻기울 뿐 아무것도 담아내지 못하지

반들한 옹기쟁이로 나의 별명을 삼을까 싶기도 하네

누가 와도 덮개를 덮어도 함께 숨을 쉴 수 있는

답답하니 그렇다면 함께 간장과 된장이 되어 볼래

간장공장공장장은 강공장장이고 된장공장공장장은 굔 공장장이다

좀 틀릴 거야 좀 틀리면 어때

내가 말했잖아 잘할 수 있는 것이 거의 없다고

내가 들어 본 음악 중에 몇 손가락 안에 드는 음악 하나를 소개해 줄게

아침을 여는 소리야

꼬꼬댁 꼬꼬댁 꼬끼오 리드미컬한 풀벌레 소리가 함께
어우러지지

이젠 줄행랑을 칠 때가 온 것 같아

여직까지 한 이야기는 17세기 말엽 안토니오 헬렌 컬러라
는 여류 소설가의

견습장에 기록된 것을 옮겼을 뿐야

야사에 의하면 21세기 초에 어느 짐승돌의 찢겨진 가죽
점퍼에 광팬이

낙서 비슷하게 써 놓은 것이 박물관에 전해 내려왔었다
는 이야기도 있더라구

코끼리 감독님께

허구한 날 맨날 꼴찌
허허
이래도 저래도 싱글벙글 재미만 있는데
요 녀석들 앞에서 웃을 수도 없는 노릇이고
허허 오늘도 또 졌네

왕년에는 줄곧 이겨서 미안했고
이기려고도 기를 썼지
야구 방망이 제쳐 두고 사장도 해 보고
동서를 오가기도

허허 너그들이랑 내랑 함께 늙어 가고 있는 것 알고 있나
자네도 떡국 먹고 한 살 먹고 나도 떡국 먹고 한 살 먹고
그렇게 지나오며 소홀하기도 한 가정에
오늘은 자네들이 나의 아내가 되기도 한다네
요놈은 팔방미인 저놈은 조금 소홀해 보여도
유니폼 한 벌 걸치면 그렇게들 멋져 보여

어제 아침 산책길에 나같이 생긴 나무 한 그루를 보았어

그런데 그 나무가 늙어 가고 있는 거야

아직도 한창 같은데 못 해 본 것도 너무 많은 것 같은데

허허, 오늘도 또 졌네

아직도 야구를 모르겠어

자네들보다도 야구를 모르겠어

싱글벙글 또 하루를 보내며

익숙한 오늘

우리는 이별하는 데 익숙하고
우리는 만남에 익숙하다
매번 반복되고 반복되는데도
동떨어진 우리가 될 때가 있다
때론 힘없이 걷기도 하고
과묵해지기도 한다
그렇게 살아지는 오늘
나는 어디로 가는 걸까
결국 메아리로 되돌아오고
그런 오늘에 익숙하다

다시 일어서는 거야
또다시 일어서는 거야라고 말하면서도
풀썩 주저앉곤
그럼 그렇지 그럼 그렇지
원체 익숙한 터라
체념이 체념이 되지 않는다

그래도 워쩐다냐
그렇게들 사는 것을

누구는 이른 아침부터 일하러 나가고
누구는 책상머리에 앉아 여유를 만끽하고
다들 끼리끼리만 놀고 있네
그래 잘났다 잘났어
나는 유유상종할 거야

워뗘

차분한 댓바람이 소소하다
이 길을 따라 그대에게 가고
너에게로 가는데
우리는 그렇게 다가가고 있는데
머리가 아프다
모두 제껴 두고 가을로 익어 가는 청음을 들으러 가야겠어

익숙하지, 안 그래?

홍, 드레스

까비까비 추운 겨울 속에 홍, 드레스
꼭꼭 껴입은 첫사랑
어머니의

첫 월급 타면
투명하게 마주 앉아 건넸던
스르륵 스르륵 하얗게 내려도
따스한

오늘 너의 눈빛을 보는데
너의 심장 소리가 빠알갛다
초저녁에 먹은 김치찌개도 빠알갛다

여보슈 군고구마에 군밤 한 댓 값만 내고 가쇼
가위바위보 딱콩 딱콩
어이구야 사람 잡네

오마니 저린 배추에 홍, 드레스 입혔써예

시간의 눈을 먹고 포기포기 자란

강토의 노부모도 청운의 너랑 꼭 닮은

하얗고 따뜻한 눈을 보면서

동네 바둑이 차기 제기 잣나무의 살아옴을 가늠했는지도

때쟁이 일곱 살 꼬맹이의 호호 불어 터진 손등과

코 흘리며 스슥 달콤한 목 넘김이

그해 겨울을 달구곤

볼짝이 바알간 홍, 드레스

The Old Man and the sea

바람을 가르는 파도를 보았는가
배를 가르는 어부를 보았는가
뇌는 자고 있어도
팔은 그물을 당기는 삶의 정겨움

팔딱팔딱 뛰는 저를 보며
떠지지 않는 눈을 꺼풀로 비비곤
그들마냥 동그랗게 눈을 뜨기도

하지만
다시 또 어깨가

이놈의 나이가 껍데기를 쌓아 간다

한 겹이 흙을 닮아 가고
두 겹이 흙을 닮아 간다
들이켜도 수없이 부서지는 파도가 성난 들에서
알록의 정체가 심장의 두근거림을

영감쟁이 바다만 보면
구렁이 담 넘어가듯 쫀쫀한 두 서넛 해
뒤를 돌아보고 돌아가지 못할 길을
동무 한둘 웃음 보며
으쓱한 듯 멋쩍은 닻
내게는 없는 통통통

어그라 어그라 이라리 이랏리

병풍이 되었다
우리처럼 네가 되어
겨우 한 폭이구려
먹을 만치 팔십이구려

할머니

왼손에 말리던 고추 하나 들고
오른손에 성서 한 권 들고
모두가 빨갛게 여물어 가는
가을인가 봐
옛날에는
몇십 년 전에는
좋다 하고 쫄래쫄래 따라댕겼는데
거죽이 고목이 되었다
고추가 햇볕에 말려지듯
할머니의 피부가
호미가 지나간 자리처럼
옹이가 몇 겹을 두른 것처럼

둔한 머리를 쥐어 잡고
들쑥날쑥한 할머니의 세찬 손과
목소리를 들으며
부끄러워지는 오늘이 간다

언제 다시 볼 수 있을지 모르는
오늘이었다

방구
-웃음이 있는 여유-

코끝이 삶을 지겨워할 때
방구는 다분한 짜증과
웃음을 동반한다

지루한 일상에 서로가 웃을 수 있는
방구의 존재가 신비와 거룩함을 오갈 때
부채질 몇 번이 웃음을 번지게 하고
자욱한 냄새를 사라지게 한다

추억처럼 다가서 준 벌꽃의 나비처럼
폴락폴락 투명의 분사는
자유를 택한다

웃을 수 있는 향기와 여유의 방구는
우리의 약속일 수 있다
그만큼만 웃자고
그만큼만 웃자고
그만큼만 명랑하자고

숨쉬기

숨을 쉰다
척박한 산골 마을에서
두렁두렁 숨을 쉬어 간다

숨이 앉혀지고
숨이 울렁이고
숨이 꿀꺽인다

별것 아닌 숨쉬기가
가장 힘든 이유는
꿈속에서라도 사랑하기 때문이다

바보 노무현

왜 그를 바보 노무현이라 하는가
심장이 탄다
그가 믿었던 세상에 심장이 탄다
세월이 흘렀음에도
그가 바라본 세상은 꽁꽁 얼었었고
놀란 가슴에 국밥 한 그릇 차분한

못생긴 땡감 하나 들고
맛있다고 훨훨 웃는
당신은 나비로 왔다가 꽃으로 간
목이 울컥거리다가도 훤히도 웃으어 대는

성난 모습이 못난이인 양
이 고생 저 고생
뭣도 바란 것 없이
글썽이다 멈춰진
뜸북 뜸북 뜸북새

바람이 불고
개비 개비 도는
노란 마을의 햇살이 풍년이 되듯
바보 노무현 사람이 되다

당신들 덕분에 라면이 먹고 싶다던
노란 당신이 떠오른다

대전구치소에서

모든 것을 모두 잃었다고 생각되면
사랑보다 그리운 것은 자유지

너에게 자유가 없다는 것은
생각할 수 있는 공간도
살아가는 자신의 자리도
작아지는 것이지

자유가 있어 웃을 수 있고
자유가 있어 사랑할 수 있고
자유가 있어 꿈을 꾸는 것이지

두 발이 묶였어 사랑이 묶이고
이성이 묶이고 삶이 묘연한
나루터에서의 어느 하루

강 건너 마을에 피어오르는
하얀 매실꽃을 바라보며
흩뿌려진 봄날의 눈송이처럼
아슴한 소녀의 별빛처럼
자유는 강물을 따라 흐르고 있었지

매난국죽
절제된 사군자의 도에서
자유는 화폭으로 머물고

나비가 되어 꽃풀이 되어
화이 화이 날아가는 대낮의 별빛
이것이 바로 자유일지니

사랑해도 거칠어도 곁에 있다는 것
자유가 살아나는 희망을 품고 있다는 것
이것이 삶이로다

너와 내가 춤추는 날
자유는 바다로 향하고
우리가 살면서 고뇌한 매 순간들이
다시 화폭으로 사을짝 들어가
오히야, 너로구나 몰래 보는
나만의 하얀 속살이 자유였구나 사랑였구나

활활한 거리 어디에도 멈춰지지 않는
삶이 평화를 찾는 날
자유는 사랑을 그리워한다
고즈넉한 햇살을 담아 간다

담쟁이

바닥을 넘어간다
머리에 이고 넘어간다
살아남기 위해서가 아니라
살기 위해서 넘어간다

간간이 살랑이는 바람이 불고
간간이 햇빛이 비추이고
바닥바닥 기어서
어슬렁 표정 짓고
참으로 묘할세

바람이 앉았다
햇볕이 멈춰서
달 뜬 밤에 어둠이 익숙한 양
거친 숨을 몰아쉬며
가슴속에 묵혀 둔 한숨 한 점 호, 불어 제끼다
인생길, 이마저 고지를 향하여
다시 한 걸음 한 걸음 내려가는
그 길이 보이지 않아도

곱게 여민 입술을 부드럽게 감추고
살아야지, 살아야지
거친 숨도 밤처럼 잦아들고
꿀꺽 삼키는 덩어리
가슴속에 윙윙 머문다

타오르면서 푸르게 푸르게
잎이라도 보란 듯
삶이라도 보란 듯
거친 삶이 줄기줄기
거미줄처럼 얽혔다

당신의 뇌신경인지도
나의 뇌신경처럼도

가야 한다, 자꾸만 재촉하는
심장이 담벼락에 걸렸다

그냥 오를 뿐인데
하루하루를 오를 뿐인데
벅찬 설렘이 담벼락에 걸렸다

쨍하고 해 뜰 날
더욱 푸르러지는 나의 심장이
너를 보고 너를 본다

시장 조그만 바가지에 담긴
호박순, 머위 줄기, 냉이는
담쟁이를 알까

어젯밤은 연무가 깔렸지
보여 주고 싶었던
별을 보여 줄 수가 없었어
보고 싶었던 별을
볼 수가 없었어
늘 상상만으로 별을 보곤 해
어제의 있었던 일들 하나하나가 별이 되어 주지

창밖을 그리워하다 너를 그리워하다

너를 본 때가 있었지

네가 되고 싶었어

내가 너라면을 상상했어

라면 한 그릇도 생각했지

어쩌다 보니 너는 자유가 되고

어쩌다 보니 너는 내가 되어 있고

어쩌다 보니 너는 내 맘속의 별이 되기도 하고

어쩌다 보니 너는 거추장스런 존재가 아닌

레미제라블 이야기를 들어 본 적이 있니

나는 장발장 이야기는 아는데

건반 위에 가져다 대도 딴딴딴, 딴따라단따 딩딩둥

마법이 되어 에밀레종 소리처럼 산야를 적시고도

누군가의 가슴속에 피아노 건반이 되기도 하는

하얀 고구마를 너에게 줄게

눈 덮인 겨울 속에 하얀 눈 속에 꼭꼭 숨겨 둔 고구마

널 위해 준비한 옛날이야기를 들려주는 것과 같아

왜 너는 모두가 비슷하게 생긴 거야?

덩쿨덩쿨 어디로 가는 것인지

봄이 왔다

몇 방울 똑똑 떨어지는 빗방울, 내 맘아

너에게 가을을 대신하여

한 줌의 햇살을 대신하여

너를 안아 주려고 노력할게

* 제목 「담쟁이」는 도종환 시인님의 「담쟁이」 제목에서 인용

사평기정떡

시상 참 좋아졌데이
화순에서 만든 떡을
태안에 앉아서 먹을 수 있고
천불천탑을 쌓아가며

사필귀정 몇 번이고 되뇌어도
우리가 쌓을 수 없었던 일들이
떡으로 퍼져 나가는가

사평역 어느 한편에서
기차가 떠남을 간간이 지켜보며
저 기차는 다시 또 언제
이곳으로 돌아오려나
짚어 보곤
다시 셀 수 없었던

하얀 도화지에

점 두 개 찍어 놨더니

배가 불러

화순에 있는지

태안에 있는지

가족

내가 머물 수 없는 자리에
머물 수 있게 해 주는 것이다

서로에게 치료사가 되어 주기도 하고
서로가 있어 웃음을 만들어 가기도 하며
삶의 의미를 부여해 주기도 한다

추석이라 하여
떠들썩하기도
싸움박질도 하지만
한자리에 모여 있다는 소중함이
우리를 내일로 이끌어 간다

송편 한 조각에
사랑은 조각조각 나뉘어
한 움큼씩으로 변하기도 하며
빚는 두 손에 가득
한가위가 되어 꿈속에서
모두가 손에 손을 잡고

강강수월래 곡조를 읊조리며
동그란 원을 그리고 그릴 수 있다

어제의 소원했던 그림자가
달빛에 무르익어
길 바람에 흐르륵 날아가
다시는 안 올지도 모른다

모르고 모르겠는 내일들이
사람이 보름달에 댕그랑 어울리듯
온몸이 가을처럼 풍요로울 수 있다는 것이
가족이 있다는 것이다

해와 달과 짙은 녹음이
숙연해지는 가을이 곧 가족이다

누가 노래해도 가장 오랫동안
친근하게 부를 수 있는 것이 가족이다

꼬마 그리고 별

까만 밤하늘에 별 한 점
낮에 바라본 학이 날고
어린 소년의 비상이 시작된다
꼭 그 밤에 본 윌 그리고 기쁨

노랑나비를 닮았다
채색된 녹색 스케치북의 엷은 미소
꼬마가 있었다
반짝이는 듯한 눈빛으로
쫄랑쫄랑 나비를 따라가는

푸른 내음이 코끝으로 다가와
청청하다
몸이 푸르게 되는 것이
어린 그날의 향수를 습득한 듯
에이취
작은 기침이 자연을 닮아 가는 소심한 거부 반응은 아닐
는지

꿈으로 본다
꼬마의 이마에 바람이 불고 별 한 점
채색된 까만 바다에 오롯하다

산다는 것

1로 2로 3으로 갇혔다
긍정 속에 긍정으로 갇혔다
포기도 희망도 지쳐 가는데
홀로 춤을 춘다
망설이는 작은 공간의 추억이 부여잡고
꼬오옥 안아야지
햇살을 햇살이라 말하기 어렵다
산다는 것 자유를 잃어 가고
자유를 찾아가는 것이다

Let it Go

간밤에 보았던 빨간 얼굴

이어폰에 뭔가를 듣고 있었지

어딘가로 가고 있었던 것 같아

별빛을 따라 춤을 추고 있었지

누구도 지켜보지 않았지

하지만 외롭지 않았어

우리에겐 늘 익숙한 혼자만의 춤이잖아

터닝, 터닝 포인트를 잡을 수 없이

휘청거렸지만 온몸에서는 땀이 줄줄 흐르고 있었지

어때, 함께 춤을 춰 볼래

문제 될 것은 어떤 것도 없어

그저 흔들기만 하면 되는 거야

첨엔 좀 창피한 것 같지만

조금만 지나면 몰입하게 돼

그땐 춤과 너뿐이야

한 번씩 나도 좀 봐 주면 좋겠지만

꼭 그럴 필요는 없어

왼손과 오른손에 힘을 뺀 채

어깨를 들썩이는 거야

그리곤 좌우로 흔드는 거야

그리곤 다시 손에 템포에 따라 힘을 줘 가며

박자를 맞추어 적당한 간격을 유지하곤

허리를 돌리는 거야

오, 그래 맞아 그렇게 하는 거야

그리곤 눈을 감고 머리를 흔드는 거야

네가 가고 싶은 곳이 있으면

그렇게 춤을 추다 보면 도착해

굳이 발을 움직이지 않아도 가고 싶은 곳에 도착할 수 있어

신기하지!

때론 두 손에 드럼 스틱을 잡은 듯 엇갈리게 드럼을 치는
것도 좋을 수 있어

하지만 오늘 밤 난 너와 특별히 트윈 댄스를 즐기고 싶어

쉽지 않겠지만 나의 초대에 응해 줄 수 있겠니

너에게 보낼게 '?'를 말야

잊고서 물음표는 반드시 가지고 오지 않아도 돼

다만 넌 반드시 와야 된다는 것

그것이 나의 오늘 밤 소망이야

오직 한 가지

* 영화 〈겨울 왕국〉의 OST 'Let it Go'를 상상하며 무의식으로 읊조린 것을 담은 시

사람이 산다

뭐처럼 살아야지
흘러 흘러가다가
이렇게 살게 되네

낮에 들려오는 청명의 맑아 옴이
밤에는 별들의 오똑한 콧날을 더욱 반짝이고

주고 싶은 것도 많은데
허락이 되지 않는 시간들 속에서
지금이란 명제를 숙제로 가득 안는다

눈앞에 허락된 시간이다
우리가 피워 낼 수 있는 가장 아름다운 꽃이다

저곳에서 속삭이고
이곳에서 소근거리고
몇 명의 시인들을 떠올리고
아는 이들은 잘 있는지 상상하다간

또 하루가 간다

꽃들이 피고
꽃잎을 움츠린다
내일이란 오늘의 꽃잎으로부터 시작하는 기지개다

조금쯤 떨어진 곳에서 들리는 시큰함이
흥얼흥얼 콧노래에 맞춰 곱사춤을 춰가며
사람처럼

질경이

가느다란 몸통에
밟히고 밟혀도
질기도록 살려는 네겐 햇살이 있구나
햇살을 보며 자란 너의 커다란 얼굴이
나를 작게 만들고
속 안 가득 힘줄을 지니며 버텨 온 세월이
녹색 정원의 너란 존재를 알려 온 것은 아닌지
살아야 돼
살아야 돼
시처럼 쓰면서 살아온 시간의 고통을 속으로 삼킨 채
쓰다 쓰다 써
한 입 베어 물곤
나와는 다르곤
너란 존재가 시들어 가는 계절에
우리는 모두가 안녕할까

길가에서 만나면 언제든
외로이지만 힘주어 안아 줄게
그 겨울 어디에서도
너란 너란 꼭꼭 숨어 있을 거야
내가 찾을게
잘 자

운동회

가을이 왔다
기억처럼 니은처럼
리 단위별로 삼삼오오
운명을 걸었다

만국기가 펄럭이고
떨어진 바통은 더욱 힘을 내게 하고
자꾸만 멀어져도
응원 소리는 더욱 커진다
아쉬운 탄식도 함께

배를 탔다
뱃사람에게는 바다가 운동장이다
만국기가 물속에서 펄럭이고
수심과 수심 속에 만남은
튕겨 나가는 물살이 응원이다

앗, 짠물이 얼굴에 와닿고
하늘을 본다
거꾸로 바라본 하늘은 운동장이다
우리 모두가 안길 수 있는

파아란 하늘이 흰구름이
짠 바닷물을 머금고 우리의 얼굴인 양
엄살을 피운다
찡끗, 윙크

가을이면 운동회는 풍성한 여유였다
바다에서도 육지에서도
도시에서도 시골에서도
우리는 그때 그 얼굴들을 떠올리고 싶어 하기도 한다
가끔은 어색한 빗물처럼 흐를지라도

가끔 하늘에는 코스모스가 하늘하늘거리고
들국화가 새초롬하게 웃음 짓는다
눈 내린 크리스마스의 운동회를 기다리는 것은 아닐까

분할시대

우리는 행복을 나누는 데 미숙하다

어쩌면 행복이 곁에 있는데도
시간이 흐를수록 문을 닫아 온 줄 모른다
시간의 역사 앞에서
뒤에서

나누어야 한다
무엇이 되어도 좋다
나누어야 한다

행복이 분할될 때 우리는 배가 된다

산으로 가든
바다로 가든
우리는 나뉘어져 하나가 된다
사랑받고 싶은 아내가 되어진다
미소 짓는 가장이 되어진다
아그들이 커다란 나무가 되어 간다

하하하 웃다가
하
하
하 각자 웃다가
함께 웃어진다

가슴속에 분할이 시대를 타고 석양 녘을 따라 넘어간다
빨갛게
발갛게
푸른 가을 하늘을 수놓으며
구름 한 점 마실을 간다

태풍

결혼을 앞에 두고
보이지 않는 눈앞에 고요하다
적막이 바람을 이끌고 와
가슴속을 사그러 놓고
간간이 바람을 일으킨다
희망이여
빗방울에 꺼져 가는 불빛이 더욱 힘을 잃으면서도
희망이여

거세게 지나간 자리 뒤에
우리의 겸손이 하늘로 오르고
또 한편의 숨소리가 대지에 남는다
황톳물도 가전살이도 둥둥 떠오르고
꺾인 가지 한쪽이
지나온 삶이 버거웠다는 듯

아직 바람이 거세다
비바람에 우산이 나풀나풀거리고
몸이 펄럭인다

태극기가 태풍에 연유 없이
펄럭인다

꿈인가
연신 하품이 나온다
만극기가 펄럭인다
우리가 살면서 극복해야 할 태풍이
선풍기를 타고 전해 온다
돌돌돌 홀홀홀
우습다

사람은 움직인다

사람에겐 승자가 없다
그래서 패자도 없다
당신은 승자이다
당신은 승자이다
승자는 평등을 말한다
나쁘게 보이지만 몇 번을 이해하려 하면
패자가 없다는 것이 이해 간다
우리가 맘먹기에 따라
해바라기가 되었다가도
코스모스가 되었다가도
외형이 다른 평등이 된다

늘 거울을 보지만
늘 외면하기도

변하지 않는 나를 발견하곤
깜짝,

거울 앞에 서면 사람은 움직인다
도레미파솔라시도
음계에서 이탈한 음도 닮았다

도시라솔파미레도
옹긋한 눈 표정이 생그롭다

가을로 가는 길

시인이 길을 걷다
가난한 시인이 길을 걷다
눈물을 흘려도 투명한 냇물이 되어 가을의 일부가 된다

어이쿠, 무릎 아파
더 걷기도 힘들고
자판을 두들기기도 힘들고

가을을 닮아 한 떨기 바람에
수줍음을 한들거리며
다 익지도 않은 선홍색을 미리 선보이는 코스모스

시인은 가을로 간다
우리 모두가 함께 가는 가을로 간다
가을을 닮아 가는 우리를 본다

시야, 날아라

사람이 시다

아침 일찍 일어나
경비 아저씨는 쓰레기를 줍고

어린이는 공항을 놀이터 삼아
뜀박질을 하기도 하며 웃음 짓고

요곳서 저곳서
구슬땀 송알송알
원더우먼 and 슈퍼우먼

집에서 식구들 뒷바라지며
봉사활동

작은 나라가 큰 나라가 되어 가는 연유다

시가 아침을 열고
ㄱㄴㄷㄹ ㅁ이 사람이 되고
ㅏㅑㅓㅕㅡ가 사람이 된다

어린 창문

아른한 창문 밖에는 너와 내가 있다
눈에서 눈으로 비추어진 하얀 그림은
우리가 있는 과거가 현재로 비추인다

반듯한 창문에는 유년의 네가 기대어 있고
그 등에 기댄 또 다른 내가 있다

썰물이 되어 어머니의 맘이 잿빛으로 드러나고
게가 걷다가 지쳤다 옆으로 걷는다
달음질마냥 누군가 나타나면 쏜살같이 집으로 들어가곤

창문에 어리는
소금 빛이 들에 피고
들로 번져 나가던 그때,
손안에 거울을 들고 있었다
내 안의 어린 창문이 그날에 머물러 있다

테두리

가난은 눈물이다
가난은 치킨이 달고
눈물이 펑펑 내리기도 한다

정직은 노력의 고개 고개다
넘어가다 보면 넘어가다 보면
부정을 긍정으로 되돌리면 긍정이 된다

하루하루가 평생의 교훈을 만들어 가고
이것만은 우리가 하지 않았으면 하지만
삶은 욕심과 이기에서 시작한다는 것
지쳐도 이겨진다는 것
나는 그래서 우리가 좋다

거리의 질서

네모난 상자 속에
하얀 웨딩드레스가 있다

축복의 시위는 바람에 나뒹굴고
엎치락뒤치락 지나가는 계절을 탓한다

연못 위의 둥근 상자는 둥둥
너의 모성을 자극하고
둥근 달님은 놀란 달콤함이라고

누가 걷고 있다
특별한 것 없는 누가 걷고 있다
한 손에 쥐어진 담배 한 개비 바람을 적신다

총을 들었다
쫓기듯 뛰는 심장 소리에
침착해야 해 침착해야 한다
망망대해의 조각배가 된다

비가 내린 오후의 햇살이 반추이고
상자 어딘가에서
삐죽삐죽 뻗쳐 나온 성냥개비 모양의 허수아비
하루 왼종일 오늘이다

평지에 서서 오르락내리락 미동도 없이
누런 흙을 기둥 삼아 발이 닿아 있다
말이 없는 노송을 닮아 가는 것일까

너는 너마다

너는 너마다 길을 걷고
나도 나 따라 길을 걷는다
계절이 반복하듯 같은 듯 다른 시간을 다툰다
낙엽인 줄 알았더니 꽃이 되고
무성해지더니 어느 순간 하얀 눈 속에 묻히고 만다

너는 너마다 살아가는 동안
질기도록 긴 목숨처럼 사랑하여라
겹고 겨워도 사랑한다고 말할 수 있어야 한다
이것이 보이지 않는 사랑의 징표다

정수리 한편이 오싹하다
삶이 부끄러워서이기보다
아무것도 알 수 없는 생을 살고 있기 때문이다

은유를 써서 직유를 던져 버릴 수 있다면

별꽃이 피었다 안으로

밖으로

별꽃 같은 그대들

무리수

새벽 열차

아침이 열리는 소리가

풀잎에 맺히어 피는 꽃이 있다

투명한 대롱꽃

잊지 말아 달라고 안간힘을 쓰면서도

햇살이 드리우면 눈물을 떨구는

가슴에 담았다 한 줌 식지 않은 너의 온기를

하물며 다칠까 봐 꽃송이 가득

두 손으로 한 겹의 꽃송이를 더했다

어디선가 비추어 오는 빛이 있겠지

조금쯤 떨어진 곳에서 곁을 지키는 네온사인

서로는 말이 없다

서로는 따사로우면 함께 내일을 기다린다

덜커덩 칙칙폭폭

다음 역은 밀양, 밀양역입니다

비밀스런 약속이 잠시 쉰다

꽃잎 속에 속삭이곤

내르곤 오르곤

식지 않는 온기가 체온을 타고 칙칙폭폭

다음 역을 향하곤

시간

하얀 턱수염이 돋고 있다
잊었다 잊었어야 할 시간들을 뒤에 두고
두 눈을 감고 살았어야 할 시간들 앞에
어린 날이라고 말하고 싶다

보리피리 불던 아버지는 청년이 되고
　그 청년은 할아버지가 되고 보리피리 불던 시절을 그리
워한다
아들이 기억하지 못하던 청년이 있었다

봄을 탓하고 있다
겨우 내내 꽁꽁 얼어붙은 땅속에서 푸름을 뽐내며
질기게 밟아도 푸르런 유월을 밝히는
온유한 가슴이 따사롭게 양지 처망의 볕을 만들고 있다

엉겨 붙은 소나무의 거죽들아
너희들의 세월만큼이나 다들 그러하구나
나는 믿고 있다
가시 잎 흰 면사포 쓸 때 삐침의 초록을 발견하곤

기도문

밝아 오는 여명 앞에 두려움이란
상처 입은 성난 파도의 부서짐이다

주여, 세상의 온 곳에서 삶으로서
고통받는 이들의 고통을 씻어 주소서

꿈으로 그윽하게 하시고
사랑으로 따뜻하게 하시소서

손에서 손으로 건네는
작은 커피 한잔에 추운 겨울이 녹아내릴 수 있도록 하소서
입에서 입으로 건네는 말이 그대의 가슴속의 별이 되게
하소서

온갖 일에 우리는 연약한 인간이라는 것
주여, 꼭 잊지 말아 주소서

몇 줄의 기도문에 마음이 가라앉고
잔잔한 물결이 가슴을 메운다

오, 주여!

너에게 말한다

말할 사람이 없어 너에게 보낸다
눈에 익숙한 것이 점점 더 가까워 온다
피부로 실감 나는 것이 점점 더 가깝다
네가 있다면 대포 잔에 이런 풍경 저런 정경 얽혀 넣을 텐데
모두가 없다
나도 간신히 남자답지 못하다
우리는 낭만으로 사는 것이 아니라 자본으로 산다
나의 머리는 정해진 시각마냥 찰칵찰칵 한계를 벗어나지
못하고 있다
마음에 풍금을 달았다
네가 실감할 수 있는 어느 산의 단풍 든 경치가 있다면
그곳의 멜로디를 담아 보련다
너의 그림이 보고 싶다
그 그림에 못난 글을 올리다
헤헤 웃으며
난 나와 너의 나체를 떠올리며
정신 없이 다시 그 길가를 뛰어갈지도 몰라
사랑에는 방법이 여러 가지가 있을지 몰라
하지만 나는 네게 말하지

꼭 그렇게 사랑하는 것만이 사랑은 아니지
사랑이여, 곁에서 겹으로 가는 것이다
하얀 밑바탕에 더욱 희게 그려지는 것이다

오늘 이맘쯤 까만 밤하늘에
별 몇 송이 비추이던 그곳에
오늘은 어느 행인들이 지나쳤을까

달콤한 별나라

세발자전거 타고 달려가도 솜사탕은 없지
언덕 위에 뜬 별나라 삼삼오오 호호 핑크빛 추위
저만치 우리 집이 너희 집이 넙죽 절하고 맞이하는
아침이면 미끌미끌 꽝 넘어지는 꿈을 꾸곤 한다

별은 자유를 상상하고
너는 저만치의 마을에서 화가가 되어
겨울을 그린다

얼큰한 노인네는 빨간 솜사탕 얼굴에 하트 도장 꽝꽝 찍고
사진 한 장 찰칵
달콤하지예

도시는 언덕 밑에 키보다 작은 운동화

가득가득 제각각의 삶을 재촉한다

별빛은 당신의 두근두근거리는 심장 소리야

은회색 바닷가에 구름이 걸린 듯

달콤한 별나라에 출렁이는 파도 소리도 잠잠하고

쌔근쌔근 어린 아기의 숨소리와

피곤한 듯 지쳐 있는 어느 노파의 숨소리가 겹쳐져 하루
를 그린다

결

시로 살아야지
힘들고 지쳐도 긍정으로 살아야지
가난한 시인이 시집을 동여매고
어야어야 어허야

가벼운 시집 한 권이 지게에 실리고
요놈아 요놈아
어야어야 어허야

겨울이 돼서도 시를 쓸 수 있을까란 고민도
세월을 따라 어야어야 어허야

봄 따라 시 한 페이지가 넘어가고
여름 따라 담배 연기 따라 시 두 페이지 넘어가고
가을에 취해 막걸리에 취해
결에 시를 쓰네

어허야 어야 어야듸야
시 따라 강물 따라 바람 한 점
어이쿠, 시쟁이 시 쓰는 행복

꿈

환몽이다
지나간 인생살이다
다시 되돌릴 수 없는 것이며
한 아름 가득한 너와 나의 놀이터다
잘 있냐는 말도 못 하고 너를 상상한다
오늘 밤 꿈속에 그때보단 더 즐겁게
과거와 현재를 이야기할 수 있는

아차, 고드름마냥 깨어지고
햇볕 속에 사르륵 녹아나는
봄을 향한 재촉이다

네모난 방 안에서 밤새도록 꾸어도
세모난 방으로 변하지 않는 추위는
운동으로 달래고
엉성한 얼굴을 한 겨울빛이 문틈 사이로 비추일 때
거꾸로 봄을 본다

요놈의 창살 사이로 축촉한 달빛에

부르르 부르르 콜콜 새근새근

오늘도 새벽 기차를 타고 일출을 보러 가듯

꿈으로 달리어간다

붉을 홍

섬에 있었다
외로운 한 자락 꿈을 꾸고 있었지
붉을 홍, 푸른 바다에 빨간 갈매기
나는 잊지 못한다, 붉게 물들이는 마법의 자수정

몇 날이고 흘렀는데 또 섬 안에 갇힌다
산타 같았던 너의 붉은 표정에 아쉬움이 가시지도 않았
는데
설렘이 잔잔한 물결로 되어 이따금 떠올린다

여보, 트라이앵글 소리를 기억해
풍금 소리를 기억해
나는 나팔을 불 테야
돌아오지 않는 추억을 감싸안을 수 있는

꼭지 머리 꼭꼭 껴안은 채
가슴은 붉을 홍,

껌을 씹다 길을 멈췄다
빨간 신호등, 헉
그대의 그림자는 지상에서 거꾸로 선 꿈,
별
푸르다 노래진 별

거친 숨소리에 이별인 듯
아이의 얼굴에 기댄다
스치고 부비며 너도 나도 붉을 홍

별을 보다

별 하나에 그리움이 한 덩어리
별 둘에 자유를 찾아 날개를 달고
너를 잊은 새벽별을 기다린다

가고 없는 이 밤이 투명한 거울에 반짝이고
너를 닮은 외로등 말이 없다

별을 보다 사랑을 기억하고
너와 나의 만남이 이뤄지고
하나둘,
하나둘,
걸었던 발자취가 허리춤에 걸리고
작은 심장이 노랗게 반짝인다

별은 그리움이 나리는 여린 아기의 눈빛이다
별은 하얀 바람이 묻어나는 바다다
보다가 하나 되는 어울림이다

동동동 오늘도 별을 보다

기장에서

아쉬움을 떨군 채 겨울이 쓰러져 간다
말 없는 생명이 숨죽인 채 속삭이고
푸릇한 편지 한 장 들고 너에게로 간다

설렘이 바람을 타고
심장을 쓸고 가며
기다려 온 봄이야
또르륵 눈물 한 방울에 생명이 움튼다

비어 가는 가을에 홀로 기장에 찾아와
긴 담배 한 모금에 겨울을 맞이했다

너를 만났고 또 다른 나를 만들어 가며
반달을 닮을 봄을 맞이한다
생명은 하늘에서도 땅에서도
가슴속의 그리운 별을 만들어 간다

별을 쏘다

하늘에 담긴 노란 주머니에 햇살이 그런그런
노닐다 가슴에 내려앉는다

오늘 그대의 눈빛이 별빛이 되고
내일이 오늘을 비추어 줄
사랑 그네가 바람결에 줄기줄기

그대가 쏜 별빛에 오그라들다 멈춰진
심장, 내 안의 별빛이자 희망이다

갯바위 그늘에 기대어
두런한 파도 소리와
소근한 바람 소리가
이마에 와닿으며
시간은 자유를 잃었다

왼손 오른손 꼬옥 껴안으며
너에게 가는 날
내게 쏘여진 별빛
지즐지즐
바람에 한 올 한 올 날리우다
차다가 하얗다가 노란 주머니에 가득 담아
쏘다

나를 잊은 그 밤에 은여울이 나풀거린다

가을로 가는 편지

사랑 한편 옴팡지게 더위에 숨기고
피식피식 싸워 가며 살아가는데
푸른 잎 몇 잎만이 살랑거린다,
꼬마의 속삭임처럼

담벼락에 기대어 앉은 석양의 노인은
청년의 등 푸른 바다를 떠올리며
햇살의 미소를 띄우고
찡긋한 입가만이 가을로 간다

아기 고양이 쫑긋한 귀에
여름의 이야기가 담아지고
요런저런 사람의 이야기 소리가
차곡차곡 한 줄씩의 편지가 되어 간다

갈증

가슴이 아픈 것은 보통
오장육부가 헐어 메말라 가는 호수의 침묵

가질 수 없는 것들에 대한 노래로
오늘을 버티는 것

웬만한 사내들은 물을 들이켜지
사막의 바람은 심장을 휘돌고
나즈막한 모래 언덕은 점점 커져만 가네

난 목마르지 않아
눈물을 마시는 이 밤
태양은 더욱 뜨겁고
달빛은 차디찬 얼음장

서글한 너의 눈빛에
거죽만 남은 너의 피부가 갈증

거꾸로 가는 거창 소녀의 이야기

지리산

사랑한다 말하다가 구름에 몸이 젖어 가고
사랑하자 말하다 구름 위에 떠 있다
동그런 나팔을 입에 물고
이곳은 산이야, 이곳은 산이야
엉성한 대답이 인산인해의
어느 시골 장터마냥 이곳은 산이야
사랑이 머물다 드러눕고 몇천 년쯤 말이 없는

북녘에 친구 한 명 두고
올해도 묵묵히 설을 보내는
가슴속에 묻어 둔 산

연인이 되었다가 친구가 되었다가
구름 위에 둥둥 부부처럼 모자처럼
등대가 되어 간다
등 굽은 할미처럼

·

사랑한다 사랑하자
구름이 쫄래쫄래 따라오다
시간이 멈춰진 곳

훠이훠이 바람이 분다

길을, 걷다

노인이 되어
장년이 되어
청년이 되어
길을, 걷다
망설여지는 경치를 보곤 환호성을 지르고
거울을 본다
나는 어디에 속한 것일까
나는 어디로 가는 것일까
겨울에도 시를 쓸 수 있다는 것이
나의 살아 있음을 증명하고
작은 어깨를 움츠리고 날개를 접는다
날아야지 날아야지 고이 접은 날개를 푸드덕푸드덕
지난가을의 코스모스에 눈이 감기고
폭우에도 끄떡없이 자란 날갯짓을 돋아 낸다
사랑해야지, 비상해야지
그곳에서 새가 되어 다시 또 사랑해야지
사랑하다가 웃어야지
웃음을 주곤 또다시 사랑해야지
그 많은 곳 중 네 품에서 사랑해야지

사랑하면 밤을 사랑하라
깜깜한 별빛에 눈물 한 방울 흘려도 잘 보이지 않는

오늘이 밤이다
어린 소년이 별빛에 걸리어 나를 소년으로 만든다
작은 밤이 노을에 감싸인 초저녁을 껴안는다
네가 나를 안았던 그 밤처럼

고향 생각

태안 굴 먹고 싶은디
원북 굴 먹고 싶은디
여기는 부산
내 술상엔 통영 굴

굴 따러 가고 싶은디
굴 먹으러 가고 싶은디
내 몸은 영어의 몸
부산을 벗어나지 못해

아버지랑 굴 따러 가고 싶은디
아버지 입에 굴 넣어 드리고 싶은디
아버지는 워디 있댜

홀로 부산 술집에 앉아
아버지를 그리워한다

나의 꽃

내 꽃은 걸레꽃
다 헐거워져 어디 하나 훔칠 곳 마땅하지 않은
아무도 달가워하지 않는 꽃

동네 마실 갔다 돌아오면 그 자리에
그대로 앉아 있는 걸레꽃
제 혼자서는 어디 한 군데도 훔치지 못하는
누군가 손을 가져다 밀어 줘야 비로소 피는 걸레꽃

아무도 알아주지 않고 아무 쓰잘데 없는
이 세상에 하나밖에 없는 하얀 걸레꽃

우리 임대 아파트 말끔하게 닦아 주는
미자 아주머니의 맑은 걸레꽃
일 마치고 버스 놓칠까 봐 나이 칠십에 뛰어다니는
삶의 한 자락에 피어나는

꽃들에 대한 이견

가끔 화려한 꽃은
길거리에서 쓰레기처럼 흩날린다
가끔 자태를 뽐내다간
자주 벌레처럼 변하기도 하며
거기에 고자리까지 첨가되기도 한다

누가 그 꽃에 관대하랴
누가 그 꽃을 사랑하는가

꽃은 어여뻐야 한다는 관례에
저항하는 너는
진정한 꽃이 될 수 있다

한편
누런 잎이 되어 메말라 가는
누런콩잎처럼
다시 누군가의 장아찌가 될 수 있다

그렇게

누군가를 위해 헌신되어지고

우리는 다시 만날 날들을 기대한다

이별이 아니고

꽃들에 대한 이견이다

꽃이라고 반드시

예쁜 것만이 아니다

우리가 그렇게 눈을 뜨고 있는 것이다

* 참조: '고자리'는 옛날식 화장실의 똥에 피어나는 하얀 벌레, 즉, '구더기'를 가
리키는 충청도 방언이며, '누런콩잎 장아찌'는 경상도에서 먹는 깻잎 장아찌와
비슷하다.

꽃이라 부르지 않겠다

바람이 부는 그곳
비가 내리는 그곳
찌푸려야 할 그곳에서
사랑을 피워 내는 당신을,
꽃이라 부르지 않겠다
못내 아쉽고
못내 사치스럽고
못내 단조롭다

누군들 꽃이 아니겠는가
누군들 들풀이 아니겠는가
못내 아파하고
못내 감내하고
못내 눈물 흘리는
별빛 가득 품은 당신은 우주

어찌 미워할 수 있겠는가
어찌 거부할 수 있겠는가

바람이 자칫 머물다 앉고
그 자리에 별빛이 쏟아진다
몽롱한 유년에서 성년이 되기까지
너를 기다렸다
소리 없는 눈물이 새어 나오며
속삭인다
"별빛이 가슴으로 내려앉아"

그날 밤 우주는 밤새 별무리를
터뜨렸다

다시는 꽃이라 부르지 않겠다

나는 밤마다 무인도로 간다

낮엔 힘겹게 노동하고
낮엔 힘겹게 경쟁하고
밤엔 무인도로 간다
삐걱삐걱 나룻배를 타고
밤마다 눈을 감으면 그곳에 있다
휴대폰마냥 탈진해서 누우면
충전기를 꽂아 주는 곳
앉아서 지구의 반대편도 보이는 곳
나는 밤마다 무인도로 간다
뭉개신 새가슴
달빛으로 꽉꽉 채우려고
별빛으로 꽉꽉 물들이려고
나는 밤마다 무인도로 간다
선명한 검은 하늘 짓푸르게 보이는
에메랄드 향연의 밤바다로 간다
능겡이랑 사시랭이랑 황발이랑
노닐러 간다, 숨바꼭질하러 간다

나는 밤마다 무인도로 간다
사랑으로 가득한 구름 조각으로 간다
세상만사 물거품이 되는
나는 밤마다 무인도로 간다

* 참조: '능겡이'와 '사시랭이'와 '황발이'는 충청도 태안 지방의 방언으로, '갯벌의
  작은 게'를 일컫는 말이다.

너에게

밤은 깊어 가고
너는 노동자
너는 야간 전담 노동자

나,
너란 사람 위해 살리

너,
피로를 잃어버린 노동자

그깟 돈, 다 주리니
제발 좀, 쉬어

넌 그래도 앞만 보는 노동자
피로도 잊은 노동자
살기 위해 오늘을 바치는 노동자

너는 꽃이고
나는 똥이려니
몇 날 며칠이 지나도
우리는 변하지 않아

너는 너의 이름으로
나는 나의 이름으로
별빛을 노래한다

모란이 피네

허구헌 날 술만 마시고
너덜너덜 담배만 피웠는데
창백하게 모란이 피네

모란 한 방울
모란 한 모금
모란모란 모란이 피네

아무것도 남지 않았는데
가져갈 것도 없는데
모란이 슬며시 피어나네

그래도 봄이 왔다는 증거인가

백매화

겨울에 추웠냐구
미치도록 추웠지
하지만 난 너희에게 봄을 알리고
싶었어

어때? 내 모습
은은한 나의 목소리, 들려
향기로 다가가는 나의 목소리

나는 백매화야
너희들이 나를 이렇게 불렀잖아
너희들이 보지 않아도
너희들이 보아도
난 오롯이

봄이 지나간다고
나를 잊지는 마

난 너희들의 백,
매화

봄비

그래 네놈 말이다
벌써 4월이 다 되어 가는데
네놈이 피지도 못한 꽃들을 지게
만드는구나
너야말로 얼마나 마음이 아프길래
주룩주룩 흘러내리는구나
그래도 아프지 마라
예쁘게 피우지 못해도
대지가 촉촉이 젖고 있어
대지 속에 보이지 않는 새싹이
움트고 있어

봄비,
네놈 말이다
덜 굳은 염색약처럼 주룩주룩
번지는구나
어떤 말도 없이 꽃이 되어 져 가는구나
봄을 잊은 어떤 이웃들처럼
너는 그렇게 온통 푸른 하늘을 멍들게 하는구나

네가 떠나는 날

빨주노초파남보, 일곱 빛깔 무지개

꽃처럼 핀다

꽃이 되어 핀다

봄비와 꽃

봄비에 꽃이 진다
봄비에 하염없이 꽃이 진다
이른 삼월 피지도 않은 꽃이 진다
내일이 없다는 말도 없이 진다

봄비가 꽃잎이 되어 내리고
그 꽃잎은 땡그랑 몇 푼
그 꽃잎은 소주 두어 잔

아무것도 없는 봄비가 내리고
아무것도 없는 꽃이 내린다

웬만하면 이럴 때 실소를 짓는데
눈물이 봄비가 되고
눈물이 꽃이 된다

잘 살라고
봄비가 내리고
그 속에 꽃이 움틀댄다

우리 달뗑이

밤 내내 서 있다가
낮에 뜨는 달뗑이

암막 커튼으로 가려진 채
누워 있는 달뗑이

피곤해 눈을 감고 있는
우리 달뗑이

돈으로 호강하고 싶은
우리 달뗑이

코만 드르렁드르렁 고는
예쁜 달뗑이

그 옆에 아무것도 없는 한 놈

시 한 편 그려 줄 수 있겠소

고향

유년의 꼬마 삼삼오오
딱지치기를 하고
구슬치기를 하고
산으로 들로 냇가로
헤엄치는 곳

아빠는 엄마는 밭으로 논으로
할버진 깔베고
말 없는 저수지 바라보며
삼베옷에 솔바람 마주 앉는 곳

안녕하세유
워디 가신데요

한참 후 알았다

이제는 풍경화로 남아
인적마저 주름져 가는 충청도 어느
시골 마을

오사카 소년

이제는 다 늙은 늙다리
어디 하나 성한 데 없는

나는 오사카에서 태어났지요
황혼 녘 태어났지요

하지만
나는 이 나이에도
매일매일 웃는 소년

청춘이 부산에서 흘러가고
부산에서 청춘이 늙음으로 변했지요

오사카?
몹시 가고 싶지요
그래서 부산을 사랑하지요

오사카 밤바다를 닮은
부산 밤바다

늘그막이 웃음을 짓습니다
헤헤헤
나는 오사카 소년

정관에서

벚꽃이 봄비에 젖어
하룻밤을 자고 나니 새록새록 피어나는
청춘,
봄을 맞이하는 눈물방울이 하늘에
맺혀 있네

바람에 소금처럼 휘날리다
이내 자기 자리를 맴도는 너의 형상이
이른 아침 푸른 빛 감도는 하늘에
고이고이 맑은 숨 쉬어 내네

너는 벚꽃
나는 벚꽃
너로 말미암아

지나가는 버스와 자동차는
나의 손짓을 아는 둥 모르는 둥
봄은 그렇게 오는구나

찬바람 한 가닥이
밤새 지켜봤던
별들의 노래를 들려주곤
내 몸을 살짝이 흔들어 댄다

나는 춤이 되고
벚꽃은 내가 되며
꿀벌은 봄맞이에 윙윙거린다

통증

너를 기억한다는 것
너를 되뇌이는 것
너를 바라보는 것
너와 함께한다는 것이
가슴 아픈 가슴앓이다

너를 바라보면
기쁨이
웃음이
통증이다

옴짝달싹못하는 신발을 신고
쳇바퀴를 돈다
오늘도 돌고
내일도 돌,

움직이지 못하는 것이 통증이다
눈물을 내포한 것이 통증이다
그래도 포기하지 않는 것이 통증이다

널 향해 가는 길,
어찌 통증이 없으랴

심장이 멈추는 날
심장이 웃음 짓겠지
팔딱팔딱 웃음 짓겠지